www.ingramcontent.com/pod-product-compliance
Lightning Source LLC
LaVergne TN
LVHW050825051026
849532LV00008B/3115
* 9 7 8 9 3 6 9 0 8 1 3 3 2 *

بڑوں نے لکھا بچوں کے لئے...٦

بچوں کے اشرف صبوحی

جمع و ترتیب : اعجاز عبید

Bachchon ke Ashraf Saboohi *(Kids Stories)*

by: Ashraf Saboohi

Edition: April '2025
Publisher :
Taemeer Publications LLC (Michigan, USA / Hyderabad, India)

ISBN 978-93-6908-133-2

9 789369 081332

کتاب	:	**بچوں کے اشرف صبوحی** (کہانیاں)
مصنف	:	**اشرف صبوحی**
صنف	:	ادب اطفال
ناشر	:	تعمیر پبلی کیشنز (حیدرآباد، انڈیا)
سالِ اشاعت	:	۲۰۲۵ء
صفحات	:	۴۴
سرورق ڈیزائن	:	تعمیر ویب ڈیزائن

کون سی کہانی کہاں؟

جل پری

کسی چھوٹی سی بستی میں کوئی بڑھیا رہتی تھی۔ اس کے آگے پیچھے ایک لڑکی کے سوا کوئی دوسرا نہ تھا۔ بڑھیا نے لاڈ پیار میں اسے ایسا اٹھایا تھا کہ وہ اپنوں کو خاطر میں لاتی نہ غیروں کو۔ زبان دراز۔ کلے کار۔ پھوہڑ کام چور۔ ماں کے جھونٹے نوچنے کو تیار مگر ماں تھی کہ واری صدقے جاتی۔ اس کے نخرے اٹھاتی۔

بڑھیا نے اپنی مرنے والی بہن کی لڑکی کو بھی اپنے پاس رکھ لیا تھا۔ بے چاری بے گھر بے بسی۔ سارے دن خالہ کی خدمت میں لگی رہتی۔ بہن کے نکتوڑے اٹھاتی جب کہیں روکھی سوکھی میسر آتی۔ غریب لونڈیوں کی طرح صبح سے شام تک ٹُحز ٹُحز کرتی۔ اپنی ننھی سی جان کو مارتی۔ لیکن کیا مجال جو کبھی خالہ نے اس کے سر پر ہاتھ پھیرا ہو یا بہن نے میٹھی زبان سے کوئی بات کی ہو۔ جب دیکھا ماں بیٹیوں کو غراتے۔ مثل تو یہ مشہور ہے کہ ماں مرے اور موسی جئے۔ ہوتی ہوں گی ماں سے زیادہ چاہنے والی خالائیں بھی۔ اس کے نصیب سے تو بڑھیا جلادنی تھی۔ عید بقرعید کو بھی بے چاری اچھے کھانے اپنے کپڑوں کے لئے ترستی کی ترستی ہی رہ جاتی۔ اس برے برتاؤ پر شاباش ہے اس لڑکی کو کہ ایک دن بھی اس نے کسی سے شکایت

نہیں کی۔ نہ کام کاج سے جی چرایا۔ جس حال میں خالہ رکھتی رہتی اور ہنسی خوشی کے ساتھ وقت گزارتی۔

بڑی بی اگر اندھی تھیں یا ان کے دل سے ترس اٹھ گیا تھا۔ تو دوسرے تو اندھے نہ تھے۔ دنوں لڑکیوں کا رنگ ڈھنگ سب کے سامنے تھا۔ پاس پڑوس والیاں دیکھتیں اور جلتیں مگر کیا کر سکتی تھیں۔ ایک تو پرائی آگ میں پڑے کون؟ دوسرے بڑھیا چلتی ہوا سے لڑنے والی۔ بدمزاج۔ تڑی۔ حق ناحق الٹی سیدھی بکنے لگے۔ اچھی کہو بری سمجھے۔ جھاڑ کا کانٹا ہو کر لپٹ جائے۔ پڑوسنوں کا اور تو کیا بس چلتا۔ بڑھیا اپنے گھر کی مالک تھی۔ ایک اس کی بیٹی دوسری بھانجی۔ ہاں انھوں نے اپنے دل کے جلے پھپولے پھوڑنے کو دونوں لڑکیوں کے نام رکھ دئے۔ جب آپس میں ذکر آتا تو بڑھیا کی

چاہیتی کو تنتیا کہیں کہ ہر وقت بھن بھن ذرا چھیڑا اور کاٹا۔ دوسری کو گوٗ کہ نگوڑی پٹتی ہے برا بھلا سنتی ہے اور کان تک نہیں ہلاتی۔

وہ جو مثل ہے کہ نکلی ہونٹوں اور چڑھی کوٹھوں۔ بستی ہی کونسی لمبی چوڑی تھی۔ دونوں لڑکیوں کے یہ نام سب کو یاد ہو گئے۔ جہاں ذکر آتا بڑھیا کو تنتیا اور بھانجی کو گوٗ کہتے۔ ایک دن کہیں جھلو خانم کے کانوں میں بھی بھنک پڑ گئی۔ وہ آئے تو جائے کہاں۔ پڑوسنوں پر تو دل ہی دل میں خوب برسی کہ جاتی کہاں ہیں میرا موقع آنے دو۔ ایسی پھلجھڑی چھوڑوں گا کہ گاؤں بھر میں ناچتی پھریں۔ تنتئے ہی نہ لگا دوں تو بات ہی کیا۔ ہاں غریب بھانجی کہ کمبختی آ گئی۔ کہاوت سنی ہو گی کہ، کمہار پر بس نہ چلا تو گدھیا کے کان امیٹھے۔

جب ہوتا اسے گود گود کر کھائے جاتی کہ ہاں یہ گوٗ ہے اور میری بچی تنتیا؟ خدا کرے کہنے والوں کی زبان میں تنتیے ہی کاٹیں۔ کیوں ری تو گوٗ

ہے؟ یہ سارے کوتک تیرے ہی ہیں۔ میں سب جانتی ہوں۔ ارے تیرے کہیں اس نے ڈنک مارا ہوگا؟ نہ جانے میرے گھر میں سوکن بن کر کہاں سے آمری۔ یہ جیسی مسمسی ہے اسے کوئی نہیں جانتا۔

اس طرح روز بڑھیا بکا کرتی اور لڑکی شامت کی ماری کو سننا پڑتا۔ سننے کے سوا اسے چارہ ہی کیا تھا۔ خدا کسی کو کسی کے بس میں نہ ڈالے۔ ایک دن بستی کے باہر کوئی میلہ تھا۔ بڑھیا کی لاڈلی اچھے کپڑے پہن مٹکتی اتراتی اپنی سہیلیوں کے ساتھ میلہ دیکھنے چلی۔ گو بھی آخر لڑکی ہی تھی۔ ایک ایک کا مونہہ دیکھنے لگی۔ ہمسائی اوپر سے جھانک رہی تھیں۔ انہوں نے کہا، ''بوا اس بچی کو بھی بھیج دو۔ اس کا دل بھی خوش ہو جائے گا۔ دیکھنا بے چاری کیسی چپ چاپ کھڑی ہے۔''

بڑی بی جھلا کر بولیں، ''یہ میلہ میں جانے کے قابل ہے۔ سر جھاڑ مونہہ پھاڑ۔ نہ ڈھنگ کے کپڑے نہ کہیں جانے کا سلیقہ۔ دوسرے گھر کا کام کون کرے گا۔ اس کی لونڈیاں بیٹھی ہیں جو کام کرنے آئیں گی۔'' اور لڑکی سے چلا کر کہنے لگی، ''چل گھڑا اٹھا اور کنوئیں پر سے پانی لا۔''

اس غریب لڑکی نے گھڑا اٹھایا اور آنکھوں میں آنسو ڈبڈبائے کنوئیں پر گئی، پانی بھرا اور درخت کی چھاؤں میں پہنچی کہ ذرا دل ٹھہر جائے تو گھر چلوں۔ رات دن کی مصیبت پر اسے رونا آگیا۔ اتنے میں پیچھے سے اس کو ایک آواز سنائی دی۔ اس نے جھٹ پلو سے آنسو پوچھ کر گردن اونچی کی تو دیکھا ایک بڑھیا کھڑی ہے۔ بڑھیا نے گڑگڑا کر لڑکی سے کہا، ''بیٹی پیاسی ہوں ذرا سا پانی پلا دے۔'' لڑکی نے خوشی بڑھیا کو پانی پلا دیا۔

پانی پی کر بڑھیا نے لڑکی کو دعائیں دیں اور بولی، ''تم بڑی اچھی لڑکی ہو۔ میں تمہارے ساتھ ایسا سلوک کرتی ہوں کہ ساری عمر یاد کروگی۔ لو آج سے جب تم بات کروگی تمہارے مونہہ سے موتی جھڑیں گے۔''

یہ کہتے کہتے بڑھیا لڑکی کی آنکھوں کے آگے سے غائب ہو گئی۔ اصل میں وہ بڑھیا جل پری تھی۔

جل پری تو چلی گئی اور لڑکی بھی اپنا گھڑا سر پر رکھ اپنے گھر کے طرف روانہ ہوئی۔ لیکن اب اسے یہ فکر ہوا کہ یہ بڑھیا کون تھی اور اس نے کیا کہا؟ میں اس کا مطلب نہیں سمجھی۔

گھر پہنچی تو خالہ نے بے چاری کی خواب خبر لی، ''اب تک کہاں رہی تیرا کام کرنے کو دل نہیں چاہتا تو کہیں اور چلی جا۔''

لڑکی دبی زبان سے بولی، ''خالہ جی اب ایسا نہیں ہوگا۔ ایک بڑھیا کو پانی پلانے لگی تھی۔''

لڑکی کا مونہہ سے بات کرنا تھا کہ آنگن میں موتی بکھر گئے۔ جل پری کا کہنا سچ ہوا۔ بڑھیا نے جو چمکتے ہوئے موتی دیکھے تو دیوانوں کی طرح جھپٹی اور موتی چننے لگی۔ موتی سمیٹ چکی تو بڑے پیار سے بولی،

''چندا! یہ کہاں سے لائی؟''

لڑکی نے کہا، ''خالہ جی لائی تو کہیں سے بھی نہیں، میرے مونہہ سے جھڑے ہیں۔''

بڑھیا ہنس کر بولی، ''چل جھوٹی۔ مونہہ سے بھی موتی جھڑا کرتے ہیں۔ ایک واری سچ بتا ضرور تجھے کوئی خزانہ ملا ہے۔''

''نہیں خالہ اللہ جانے میرے مونہہ سے جھڑے ہیں۔ ایک بڑھیا کنوئیں پر ملی تھی۔ اسے میں نے پانی پلایا۔ اس نے مجھے دعا دی کہ جب تو بات کرے گی تیرے مونہہ سے موتی جھڑیں گے۔'' لڑکی نے جواب دیا۔

''وہ ضرور کوئی پری تھی مگر بیٹی اب تو دو چار دن پانی بھرنے نہ جائیو پریوں کا کیا بھروسہ۔ آج مہربان ہیں تو کل قہرمان۔ تجھے کہیں کنوئیں میں نہ لے جائیں۔'' بڑی بی بڑی تیز تھیں۔ بھانجی سے تو ظاہر میں یہ باتیں بنائیں لیکن دل میں کھول ہی تو گئی کہ پری نے میری بچی کو موتیا کھان نہ بنایا۔ بیٹی میلے میں سے آئی تو اسے خوب پٹیاں پڑھائیں اور بڑی مشکل سے دوسرے دن اس کو کنوئیں پر پانی بھرنے کے لئے بھیجا۔

تتیا مرچ اول تو گئی۔ بڑے نخروں سے پھر کنوئیں پر ڈول کو جھٹکتی پٹکتی رہی۔ جھینک پیٹ کر گھڑا بھرا اور درخت کے نیچے جا بیٹھی۔ بیٹھی ہی تھی کہ جل پری کبھ نکلی ہوئی بڑھیا کے روپ میں اس کے بھی پاس آئی۔ بولی، ''بیٹی! ذرا سا پانی تو پلا دے۔ کب سے پیاسی مر رہی ہوں۔''

بڑھیا کی لڑکی ویسے ہی جلاتن۔ پھر جل پری نے ایسی گھناؤنی صورت بنا رکھی تھی کہ دیکھے سے نفرت ہو۔ گھرک کر بولی، ''چل چل، میں نے کوئی پیاؤ لگا رکھی ہے۔''

جل پری گھگھیا کر بولی، ''پلا دے بیٹی ثواب ہو گا۔''

لڑکی نے جواب دیا، ''جاتی ہے یا پتھر ماروں۔''

''اری میں بہت پیاسی ہوں۔''

''میری جوتی سے۔ پیاسی ہے تو کنوئیں میں ڈوب جا۔'' لڑکی نے تیزی سے جواب دیا۔

جل پری کو پانی کی کیا ضرورت تھی اسے تو اس بھیس میں اپنا کرشمہ دکھانا تھا۔ غصے میں ہو کر بولی، ''بد تمیز لڑکی جاتی کہاں ہے۔ اتنی آپے سے باہر ہو گئی۔ میں بھی تجھے وہ مزہ چکھاتی ہوں کہ یاد رکھے۔ جا

میں نے کہہ دیا کہ آج سے جب تو بات کرے گی تیرے مونہہ سے مینڈک پھدک پھدک کر باہر آئیں گے۔''

لڑکی کو اس بات پر غصہ تو بہت آیا۔ جوتی اٹھا مارنے کو کھڑی ہوئی لیکن پری کب ٹھہرنے والی تھی وہ بددعا دیتے ہی غائب ہو گئی۔ لڑکی دیر تک دانت پیستی رہی۔ پری کا بھی اسے انتظار تھا۔ دوپہر ہونے آئی اور پری وری کوئی نہیں دکھائی دی تو یہ دل ہی دل میں بڑبڑاتی اپنے گھر روانہ ہوئی۔

ماں اپنی چہیتی بیٹی کے انتظار میں دروازے کی طرف ٹکٹکی لگائے بیٹھی تھی۔ دیکھتے ہی پوچھا، ''کہو بیٹی پری ملی اس نے تجھے کیا دیا۔''

لڑکی جلی بھنی تو پہلے ہی چلی آ رہی تھی تڑق کر جواب دیا، ''چولہے میں جائے تمہاری پری۔ نگوڑی میری تو گردن بھی ٹوٹ گئی۔''

''آخر کیا ہوا؟ پری آج نہیں آئی؟'' ماں نے پوچھا۔

''کیسی پری ؟ وہاں تو ایک پگلی سی بڑھیا نجانے کہاں سے آن مری تھی۔ ''لڑکی نے جل کر جواب دیا۔

لڑکی جب بات کرتی اس کے مونہہ سے مینڈکیاں نکل کر زمین پر پھدکنے لگتیں۔ پہلے تو بڑھیا نے اپنی دھن میں دیکھا نہیں۔ لیکن جب ایک مینڈکی اس کی گود میں جا کر اچھلنے لگی تو وہ اچھل پڑی۔ ''اوئی یہ مینڈکی کہاں سے آئی'' پھر جو دیکھتی ہے تو سارے صحن میں مینڈکیاں ہی مینڈکیاں کودتی پھر رہی ہیں ''ہے ہے اری کیا گھڑے میں بھر لائی ہے۔''

''اسی پچھل پائی بڑھیا نے کوسا تھا کہ تیرے مونہہ سے مینڈکیاں برسیں گی۔'' بیٹی نے بسور کر جواب دیا۔

''جھلسا دوں اس کے مونہہ کو۔ وہ پری نہیں کوئی بھتنی ہوگی۔'' بڑھیا بولی۔

''اماں یہ سب اس کٹنی کے کرتوت ہیں۔ اسے تم نے گھر میں کیوں گھسا رکھا ہے۔''

''اچھا اب تو تو مونہہ بند کر پڑوسنیں دیکھ لیں گی تو سارا گاؤں تماشا دیکھنے آجائے گا۔ دیکھ میں اس مردار کی خبر لیتی ہوں۔''

یہ کہہ کر بڑھیا نے پھکنی اٹھا، بے چاری بے قصور بھانجی کو دھننا شروع کر دیا۔ ''کیوں ری مردار، پیاروں پیٹی۔ تیرے مونہہ سے تو موتی جھڑیں اور میری بچی کے مونہہ سے مینڈکیاں۔ جاتی کہاں ہے۔ آج میں بھی تیری دھول جھاڑ کر رہوں گی۔''

بڑھیا اپنی یتیم بھانجی پر پل پڑی۔ مارنے کے بعد بھی بڑھیا کو صبر نہ آیا۔ ہاتھ پکڑ گھر سے باہر نکال دیا۔ لڑکی اور کہاں جاتی کنواں ہی پاس تھا۔ روتی ہوئی اس درخت کے نیچے جا بیٹھی جہاں جل پری ملی تھی۔ کبھی خیال کرتی کہ ڈوب مروں۔ کبھی سوچتی کہ کسی اور بستی میں چلی

جاؤں۔ اتنے میں جل پری بھی آگئی اور اس نے لڑکی سے پوچھا،

''بیٹی روتی کیوں ہے؟''

لڑکی نے اپنی بپتا سنائی اور کہا، ''تمہاری بدولت میں گھر سے نکالی گئی ہوں''

پری قہقہہ لگا کر بولی، ''اچھی لڑکیاں کہیں اس طرح بے آس ہو کر رویا کرتی ہیں۔ جا، خدا تیرے دن پھیر دے۔ آج سے تو پھولوں کی سیج پر بادشاہی محل میں سوئے گی۔''

اللہ کو نہ بگاڑتے دیر لگتی ہے نہ بناتے۔ اتفاق سے ادھر تو پری نظروں سے اوجھل ہوئی اور ایک شہزادہ شکار کھیلتا پانی کی تلاش میں کنوئیں کے پاس آیا۔ ڈول اٹھاتے اٹھاتے لڑکی پر نظر پڑی۔ لڑکی حقیقت میں چاند کا ٹکڑا تھی۔ کیسا پانی اور کیسی پیاس۔ ڈول وول چھوڑ لڑکی کے پاس آیا۔ بات کہے تو ہاہا مونہہ سے پھول کیسے سچ مچ کے

موتی جھڑتے ہیں۔ اتنے میں پھر جل پری سامنے آئی۔ اب وہ اور ہی شان سے آئی تھی۔ شہزادہ سمجھا کہ یہ لڑکی کی ماں ہے۔ اس نے پری سے لڑکی کی درخواست کی۔ جل پری نے عہد و پیمان کر کے لڑکی کو شہزادے کے ساتھ کر دیا۔ شہزادہ اپنے ماں باپ کا اکلوتا بیٹا تھا۔ وہ لڑکی کو اپنے محل میں لے گیا۔ بہو کو دیکھ کر ساس سسر بے بہت خوش ہوئے۔ بڑی دھوم دھام سے شادی ہوئی۔ بے ماں باپ کی لا وارث لڑکی کو خدا نے اس کے صبر کا پھل دیا۔ بڑھیا اور بڑھیا کی تنتیا ساری عمر اپنے تیہے میں کھولتی اور رینڈکوں ہی کے چکر میں رہی۔

★★★

نیلم پری

ایک تھا درزی، اس کے تھے تین لڑکے۔ درزی بہت ہی غریب تھا۔ درزی کے پاس صرف ایک ہی بکری تھی۔ تینوں لڑکے اسی بکری کا دودھ پیتے اور کسی طرح گزر کرتے، ایک ایک دن ہر لڑکا بکری کو جنگل میں چرانے لے جاتا۔ جب لڑکے کچھ بڑے ہو گئے تو بکری کا دودھ ان کے لئے کم پڑنے لگا۔ مجبوراً بڑا لڑکا گھر چھوڑ کر باہر کمانے نکلا، چلتے چلتے راستے میں ایک سوداگر ملا۔ سوداگر نے لڑکے سے پوچھا کہاں جا رہے ہو؟ لڑکے نے سارا حال سنا دیا۔ سوداگر کو

اس پر ترس آیا اور اپنے پاس نوکر رکھ لیا۔ سوداگر نے خریدنے اور بیچنے کا کام اس کو سکھایا۔ لڑکا اپنا کام بڑی ایمانداری اور محنت سے کرتا۔ سوداگر کے کام کو بہت آگے بڑھا دیا۔ سوداگر بہت امیر ہو گیا۔ سوداگر لڑکے کے کام سے بہت ہی خوش ہوا۔ جب کام کرتے کرتے کئی برس گزر گئے تو لڑکے نے گھر جانے کی چھٹی مانگی۔ سوداگر نے خوشی سے چھٹی دی اور کہا ''میں تمہارے کام سے بہت خوش ہوں۔ تمہاری ایمانداری کے بدلے میں تم کو یہ عجیب و غریب گدھا دیتا ہوں۔ یہ گدھا اپنے ساتھ لے جاؤ۔ جب تم اس کے منہ میں تھیلی باندھ کر کہو گے کہ ''اگل'' تو یہ فوراً سونا اگلے گا اور پوری تھیلی بھر دے گا۔ خواہ تھیلی کتنی ہی بڑی کیوں نہ ہو۔'' لڑکا خوش خوش گھر روانہ ہو گیا۔

چلتے چلتے رات ہو گئی۔ لڑکا ایک سرائے میں ٹھہر گیا۔ بھٹیارے سے لڑکے نے کہا ''خوب عمدہ عمدہ کھانا لاؤ۔'' بھٹیارا اچھے اچھے کھانے پکوا کر لایا۔ لڑکے نے سونے کے ٹکڑے بھٹیارے کو دیئے۔

بھٹیارا بڑا خوش ہوا اور سوچنے لگا یہ سونے کے ٹکڑے لڑکے کے پاس کہاں سے آئے۔ ہو نہ ہو کوئی خوبی اس گدھے میں ضرور ہے۔ یہ سوچ کر بھٹیارا جاگتا رہا۔ جب لڑکا سو گیا تو بھٹیارا گدھا چرا کر لے گیا اور دوسرا گدھا اس کی جگہ باندھ دیا۔ لڑکا اندھیرے منہ اٹھا اور گدھے لے کر روانہ ہو گیا۔ اس کو اپنے اصلی گدھے کی چوری کا کچھ حاصل نہ معلوم ہوا۔ گھر پہنچا تو اس کو دیکھ کر باپ بھائی سب جمع ہو گئے اور خوشی خوشی باتیں کرنے لگے۔

باپ :۔ کہو بٹیا پردیس میں کیا کیا سیکھا۔

لڑکا :۔ سوداگری۔

باپ :۔ ہمارے لئے کیا لائے ہو۔

لڑکا :۔ یہ گدھا۔

باپ :۔ توبہ کرو۔ گدھا لانے کی کیا ضرورت تھی۔ یہاں سیکڑوں گدھے مارے مارے پھرتے ہیں۔

بیٹا :۔ نہیں ابا۔ یہ معمولی گدھا نہیں ہے۔ اس میں ایک خاص بات ہے۔

باپ :۔ وہ کیا خاص بات ہے۔

بیٹا :۔ اس میں خاص خوبی یہ ہے کہ اس کے منہ میں تھیلی باندھ دیں اور کہیں کہ ''اگل'' تو یہ فوراً سونا اگلنے لگتا ہے اور تھیلی کو بھر دیتا ہے، خواہ تھیلی کتنی ہی بڑی کیوں نہ ہو۔

بوڑھا درزی بیٹے کی بات کو تعجب سے سنتا رہا اور شک کی نظروں سے دیکھتا رہا۔ آخر لڑکے نے باپ کے شک کو دور کرنے کے لئے کہا

آپ اپنے دوستوں کو بلائیے۔ میں ابھی سب کو دولت سے مالامال کیئے دیتا ہوں، درزی نے اپنے خاص خاص دوستوں کو لاکر جمع کیا اور دولت حاصل کرنے کی خوشخبری سنائی۔ سب لوگ آگئے تو لڑکا گدھے لے کر آیا اس کے منہ میں تھیلی باندھی اور کہا کہ ''اگل'' لیکن گدھا جوں کا توں کھڑا رہا۔ لڑکے نے کئی مرتبہ چلا چلا کر کہا ''اگل، اگل'' لیکن نتیجہ کچھ نہ نکلا۔ تھیلی جیسی خالی تھی ویسی ہی رہی اور گدھا چپ چاپ کھڑا رہا۔ اب لڑکا سمجھا کہ بھٹیارے نے گدھا چرا لیا۔ درزی اپنے دوستوں کے سامنے بڑا شرمندہ ہوا۔ لڑکے پر خفا ہونے لگا تو مجھے سب کے سامنے ذلیل کیا۔

لڑکے نے سارا قصہ اپنے منجھلے بھائی کو سنایا۔ اب دوسرا بھائی سفر پر روانہ ہوا۔ کئی دن تک برابر چلتا رہا۔ رات کو پیڑ کے نیچے سو رہتا۔ آخر ایک دن اس کو ایک بڑھیا ملی، بڑھیا جنگل کے کنارے ایک

چھوٹی سی جھونپڑی میں رہتی تھی۔ لڑکا بڑھیا کے ساتھ رہنے لگا، بڑھیا جو کام بتلاتی اس کو بڑی محنت سے کرتا۔ بڑھیا اس کے کام سے بڑی خوش تھی۔ ایک دن لڑکے نے گھر جانے کو کہا، بڑھیا نے دعاؤں کے ساتھ رخصت کیا اور کہا کہ ''دیکھو بیٹا میرے پاس ایک ''سینی'' ہے۔ جب کہو گے ''بھر جا'' تو یہ بہترین کھانوں سے بھر جائے گی اور جتنے آدمی بیٹھے ہوں گے پیٹ بھر کر کھالیں گے۔ تم یہ سینی لیتے جاؤ۔'' لڑکا سینی پا کر بہت خوش ہوا اور گھر کی طرف چلا۔ راستے میں اس کو وہی سرائے ملی جہاں بڑے بھائی کا گدھا چوری ہو گیا تھا۔ رات بسر کرنے کے لئے رک گیا۔ بھٹیارے نے کھانے کے لئے پوچھا۔ لڑکے نے کہا ''میں تم کو کھلاؤں گا'' بھٹیارے نے کہا ''تمہارے پاس تو کچھ ہے نہیں تم کہاں سے کھلاؤ گے؟'' لڑکے نے کہا ''ٹھہرو'' سینی سامنے نکال کر رکھ دی اور کہا ''بھر جا'' یہ کہتے

ہی سینی اچھے اچھے کھانوں سے بھر گئی۔ بھٹیارا اس نرالی سینی کو لالچ بھری نظروں سے تکنے لگا اور اس کے چرانے کی ترکیبیں سوچنے لگا۔ لڑکا کافی تھک چکا تھا۔ کھانا کھاتے ہی سو گیا۔ بھٹیارا تاک میں تو لگا ہی ہوا تھا جب لڑکا سو گیا تو چپکے سے آیا اور سینی اٹھا کر لے گیا اور اس کی جگہ پر دوسری ویسی ہی سینی رکھ دی۔ لڑکا صبح سویرے اٹھا اور سینی لے کر گھر کی طرف روانہ ہو گیا۔ گھر پہنچا تو باپ اور بھائی سب اس کو دیکھ کر خوش ہو گئے اور باتیں کرنے لگے۔ لڑکے نے اپنے سفر کا سارا حال بیان اور مزے لے لے کر سینی کی خوبی بیان کی، درزی کو سینی کی اس خوبی کا یقین نہ آیا۔ لڑکے نے کہا۔ ''امتحان لے لیجئے۔ آپ لوگوں کو بلوائیے۔ دیکھئے میں ابھی سب کے لئے اچھے اچھے کھانے چنوائے دیتا ہوں۔'' لڑکے نے جب بہت ہی اصرار سے سینی کی خوبی بیان کی تو باپ نے اپنے چند دوستوں کی دعوت کی۔

سب لوگ گول دائرہ بنا کر بیٹھے اور بیچ میں سینی رکھی گئی۔ لڑکے نے کہا ''بھر جا'' لیکن سینی خالی کی خالی ہی رہی۔ اس نے پھر کہا ''بھر جا'' لیکن پھر بھی کچھ نہ ہوا۔ تین چار مرتبہ چلا چلا کر کہا ''بھر جا، بھر جا، بھر جا'' لیکن سینی ویسی ہی خالی کی خالی پڑی رہی۔ سب لوگ لڑکے کا منہ تکنے لگے اور اسے جھوٹا بتانے لگے۔ لڑکا بہت شرمندہ ہوا اور باپ تو مارے شرم کے پانی پانی ہوگیا۔ لڑکے کو ایک تو سب کے سامنے شرمندگی کا افسوس تھا اور دوسرے اصلی سینی کے گم ہوجانے کا۔ اس نے اپنے چھوٹے بھائی کو بلایا اور سارا قصہ بتلایا۔ یہ چھوٹا بھائی سمجھ گیا کہ یقیناً بھٹیارے ہی کی شرارت ہے اور اسی نے گدھا اور سینی دونوں چیزیں چرائی ہیں۔

چھوٹا بھائی بہادر بھی تھا اور عقلمند بھی۔ ہمت باندھ کر روانہ ہوا کہ یہ دونوں چیزیں ضرور واپس لاؤں گا۔ کئی دن چلنے کے بعد اس کا گزر

ایک میدان سے ہوا۔ یہ میدان پریوں کا تھا۔ رنگ برنگ کے پھول چاروں طرف کھلے ہوئے تھے۔ ہری ہری گھاس سبز مخمل کی طرح پھیلی ہوئی تھی۔ بیچ بیچ میں پانی کی سفید لہریں بہہ رہی تھیں۔ ہوا خوشبو میں بسی ہوئی تھی۔ لڑکا دم لینے کے لئے (سستانے کے لئے) ٹھہر گیا۔ ہوا کی مست خوشبو نے آنکھوں میں نیند بھر دی اور وہ جلد ہی ایک گلاب کے پودے کے پاس پڑھ کر سو رہا۔ لڑکا ابھی سویا ہی تھا کہ نیلم پری جو اس گلاب پر رہتی تھی اتری اور لڑکے کو ہوا میں لے کر اڑ گئی۔ دوسرے دن لڑکے نے اپنے باپ کو ایک بہت ہی گھنے جنگل کے بیچ پایا۔ وہ کہاں ہے، یہاں کیسے آیا؟ ابھی ان باتوں کو سوچ ہی رہا تھا کہ سارا جنگل طرح طرح کی آوازوں سے گونجنے لگا۔ اس کے بعد یک بیک لال رنگ کی روشنی سارے جنگل میں پھیل گئی۔ لڑکا بڑا پریشان ہوا۔ بار بار سوچتا، کچھ سمجھ میں نہ آتا۔ اتنے میں بڑے زور کی

آواز اس کے کانوں میں آئی اور سارا جنگل نیلے رنگ میں رنگ گیا۔ اس آواز کو سن کر لڑکا کانپ گیا اور گھبرا کر ایک طرف بھاگا۔ اس کے بھاگنے پر جنگل کی سب پریاں ہنس پڑیں۔ بات یہ تھی کہ پریاں لڑکے سے کھیل رہی تھیں۔ جب پریوں نے اپنا کھیل ختم کر لیا تو نیلم پری چھم چھم کرتی ہوئی لڑکے کے پاس آئی اور بولی ''تم ہمارے میدان میں کیوں آئے؟''

لڑکا:۔ مجھے نہیں معلوم تھا کہ میدان آپ کا ہے۔ یہاں آنا منع ہے۔ اب کبھی نہیں آؤں گا۔

نیلم پری:۔ (ہنستے ہوئے) کیا میدان پسند نہیں۔

لڑکا:۔ جی۔ میدان تو پسند ہے لیکن جنگل۔۔۔

نیلم پڑی:۔ کیا ڈر لگتا ہے۔

لڑکا:۔ جی ہاں۔

نیلم پری :۔ اچھا۔ اپنی آنکھیں بند کرو۔ ادھر لڑکے نے آنکھیں بند کیں۔ ادھر پری نے ہوا میں اپنا آنچل ہلایا اور سارا جنگل پھر اسی ہرے بھرے میدان میں بدل گیا۔ لڑکے نے آنکھیں کھول دیں۔ میدان دیکھ کر جان میں جان آئی۔ لڑکے کو جب ذرا اطمینان ہوا تو نیلم پری نے پوچھا ''تم کیسے آئے؟'' لڑکے نے دونوں بھائیوں کا سارا قصہ سنا دیا۔ وہ سینی اور گدھا واپس لینے جا رہا ہے۔ پری نے تالی بجائی اور فوراً ایک دیو حاضر ہوئے۔ پری نے حکم دیا کہ ''جاؤ سرائے والے بھٹیارے سے سینی اور گدھا چھین لاؤ۔'' دیو آناً فاناً سرائے میں پہنچے اور چند منٹ میں سینی اور گدھا لا کر حاضر کر دیا۔ پڑی نے لڑکے کو ایک ڈنڈا دیا اور کہا ''جو شخص تمہارا دشمن ہو اس کی طرف اس ڈنڈے کو پھینک کر کہنا ''ناچ'' پھر یہ ڈنڈا اس آدمی کی پیٹھ پر

خوب ناچ دکھائے گا۔ اتنا مارے گا کہ وہ آدمی بے ہوش ہو جائے گا۔''

لڑکا سینی، گدھا اور ڈنڈا لے کر گھر جانے کے لئے تیار ہو گیا۔ پری نے دیو کو حکم دیا کہ جاؤ لڑکے کو گھر تک پہنچا آؤ۔ دیو نے حکم پاتے ہی لڑکے کو تمام سامان کے ساتھ ہاتھ پر اٹھالیا اور ہوا میں اڑتا ہوا آن کی آن میں گھر پہنچا۔

گھر کے سب لوگ جمع ہو گئے۔ چھوٹے بھائی نے سب کی خوب دعوتیں کیں اور سونے کے ٹکڑے بھی بانٹے۔ اب درزی کی شرمندگی دور ہو گئی اور سب لوگ ہنسی خوشی رہنے لگے۔

***

بارہ بہنیں

ایک تھا بادشاہ، جس کے تھیں بارہ لڑکیاں، سب کی سب بڑی خوبصورت تھیں۔ سب ایک ہی ساتھ رہتیں اور ایک ہی کمرے میں سوتیں، سب کی چارپائیاں کمرے میں برابر سے لگی ہوئی تھیں۔ جب لڑکیاں سوجاتیں تو بادشاہ خود آکر باہر سے کمرے کا دروازہ بند کر دیتا۔ بادشاہ کو ڈرتا تھا کہ لڑکیوں کو کہیں کوئی تکلیف نہ پہنچ جائے۔ اس لئے وہ ہر رات کو دروازہ بند کر دیتا تھا اور صبح سویرے ہی کھول جاتا۔

ایک دن صبح کو جب بادشاہ دروازہ کھولنے آیا تو یہ دیکھ کر اسے بڑا تعجب ہوا کہ بارھوں لڑکیوں کے جوتے ایک قطار میں رکھے ہوئے ہیں، ہر جوتے کی ایڑی گھسی ہوئی ہے۔ جوتے گرد میں اٹے ہوئے ہیں۔ بادشاہ سمجھ گیا کہ لڑکیاں ضرور رات کو کہیں گئی تھیں مگر لڑکیاں کیوں کر باہر گئیں، یہ اس کی سمجھ میں نہ آیا۔ لڑکیوں سے پوچھنا مناسب نہ سمجھا۔ آخر میں مجبور ہو کر اس نے اعلان کیا کہ جو کوئی بھی معلوم کر لے گا کہ شہزادیاں رات کو کہاں جاتی ہیں اس کی شادی اس شہزادی سے کر دی جائے گی جس کو وہ پسند کرے گا۔ راج پاٹ بھی اسی کو دے دیا جائے گا۔ مگر شرط یہ ہے کہ تین دن کے اندر معلوم کر کے بتلائے ورنہ پھانسی دے دی جائے گی۔

کچھ دنوں کے بعد ایک شہزادہ آیا اور اپنے آپ کو اس کام کے لئے پیش کیا۔ بادشاہ نے اس کا استقبال بڑی دھوم دھام سے کیا۔

شہزادیوں کا کمرہ دکھلایا۔ کمرے کے پاس ہی شہزادے کے سونے اور رہنے کا انتظام کیا۔ تاکہ نزدیک سے شہزادیوں کی نگرانی اچھی طرح کر سکے۔

رات کو شہزادیوں کے کمرے کا دروازہ کھلا چھوڑ دیا گیا تاکہ شہزادہ ان کے سونے جاگنے کو اچھی طرح دیکھ سکے۔ لیکن ابھی تھوڑی ہی رات گئی تھی کہ شہزادے کی آنکھوں میں نیند بھر آئی اور وہ بے خبر ہو کر سو رہا۔ شہزادیاں ہر رات کی طرح آج رات کو بھی گھومنے گئیں جب صبح سویرے بادشاہ آیا تو اس نے دیکھا کہ لڑکیوں کے جوتوں پر گرد پڑی ہوئی ہے اور ایڑیاں گھسی ہوئی ہیں۔ بادشاہ نے شہزادہ سے پوچھا کہ ''بتلاؤ لڑکیاں کہاں گئی تھیں؟'' شہزادہ کوئی جواب نہ دے سکا۔ دوسری اور تیسری رات کو بھی شہزادیاں گھومنے گئیں اور

شہزادہ ہر رات سوتا رہا۔ آخر چوتھے دن شہزادے کو پھانسی دے دی گئی۔

اس کے بعد بہت سے شہزادے آئے مگر کوئی بھی یہ نہ معلوم کر سکا کہ شہزادیاں کب اور کہاں گھومنے جاتی ہیں۔

ایک دن ایسا اتفاق ہوا کہ ایک غریب سپاہی سڑک سے گزر رہا تھا۔ اس نے بھی بادشاہ کا اعلان دیکھا۔ جی میں آیا کہ کسی طرح یہ بھید معلوم ہو جاتا تو زندگی بڑے آرام سے گزرتی لیکن یہ بھید کیسے معلوم ہو یہ اس کی کچھ سمجھ میں نہ آیا۔ اسی سوچ میں چلا جا رہا تھا کہ ایک بڑھیا ملی، بڑھیا نے پوچھا ''سپاہی سپاہی کہاں جا رہے ہو؟'' سپاہی نے کہا۔ ''یہ تو مجھ کو بھی نہیں معلوم، مگر دل یہ چاہتا ہے کہ کسی طرح شہزادیوں کے گھومنے کا بھید معلوم ہو جاتا تو بڑا اچھا ہو جاتا۔'

بڑھیا نے کہا یہ کوئی مشکل بات نہیں۔ بس تم ہمت کرلو تو بیڑا پار ہے۔ دیکھو رات کو کھانے کے بعد لڑکیاں شراب بھجوائیں گی اس کو نہ پینا، اس کے پینے سے بڑی گہری نیند آتی ہے۔ تم ہرگز ہرگز شراب مت پینا۔ بستر پر لیٹتے ہی سوتا ہوا بن جانا اور یہ ظاہر کرنا کہ تم گہری نیند میں سو رہے ہو، تاکہ شہزادیاں نڈر ہو کر گھومنے جا سکیں، یہ لبادہ بھی اپنے ساتھ لے جاؤ، اس میں خاص بات یہ ہے کہ جب تم اس کو اوڑھ لو گے تو تمھیں کوئی بھی نہیں دیکھ سکتا اور تم سب کو دیکھ سکتے ہو۔''

جب بڑھیا سب کچھ سمجھا چکی تو سپاہی کی ہمت اور بڑھ گئی۔ وہ بادشاہ کے پاس خوش خوش گیا اور کہنے لگا میں معلوم کروں گا کہ شہزادیاں رات کو کہاں گھومنے جاتی ہیں۔ بادشاہ نے سپاہی کو عمدہ کپڑے

پہنائے اور شہزادیوں کے کمرے کے پاس لے جا کر اس کے سونے کا کمرہ بتلا دیا۔

شام ہوتے ہی ایک شہزادی شراب کا پیالہ لیے ہوئے سپاہی کے پاس آئی اور ہنس کر پینے کو کہا۔ سپاہی نے اپنے حلق کے پاس ایک تھیلی باندھ رکھی تھی۔ سپاہی نے بڑی ہوشیاری سے شراب تھیلی میں انڈیل لی۔ چارپائی پر لیٹتے ہی گہری نیند میں سوتا ہوا بن گیا۔

شہزادیاں یہ دیکھ کر بہت خوش ہوئیں۔

آدھی رات کے قریب شہزادیاں اٹھیں، کپڑے پہنے، بال سنوارے اور گھومنے جانے کے لئے تیار ہو گئیں۔ سپاہی اپنی چارپائی پر لیٹا ہوا یہ سب دیکھ رہا۔ شہزادیاں ہنستی ہوئیں کمرے سے باہر نکلیں اور گھومنے کے لئے جانے لگیں۔ سپاہی چپکے سے اٹھا۔ لبادہ اوڑھ کر شہزادیوں کے پیچھے ہو لیا۔

تھوڑی دور چلنے کے بعد سب سے چھوٹی شہزادی بولی، ''مجھے ڈر لگ رہا ہے، نہ جانے آج کیا بات ہے دل خوش نہیں۔'' بڑی شہزادی نے کہا ''تم بس یوں ہی ڈر رہی ہو۔ کوئی بات نہیں۔'' یہ کہہ کر تمام شہزادیاں ہنستی ہوئی ایک باغ میں پہنچیں۔ باغ کے تمام درخت نہایت خوبصورتی سے برابر لگے ہوئے تھے۔ پتیاں چاندی کی طرح سفید تھیں۔ سپاہی نے ایک درخت سے چھوٹی سی شاخ توڑ لی۔ شاخ توڑنے سے آواز پیدا ہوئی۔ چھوٹی شہزادی سہم گئی اور دوسری بہنوں سے کہنے لگی ''کیا تم لوگ یہ آواز نہیں سن رہی ہو۔ آج ضرور کچھ نہ کچھ ہونے والا ہے۔ مجھے تو بڑا ڈر لگ رہا ہے۔'' بڑی شہزادی نے پھر ہنس کر اس کی بات کو ٹالا اور کہا کہ ''کچھ نہیں بس تمہیں کچھ وہم ہو گیا ہے۔'' چلتے چلتے شہزادیاں دوسرے باغ میں پہنچیں جہاں درختوں کی پتیاں سنہرے رنگ کی تھیں، باغ کے بیچ میں ایک

خوبصورت چبوترا بنا ہوا تھا۔ سب شہزادیاں اس پر بیٹھ گئیں۔ یہاں بارہ پیالے شربت کے بھرے ہوئے رکھے تھے ہر ایک شہزادی نے ایک پیالہ پیا اور پھر آگے کی طرف چلیں۔ سپاہی نے یہاں بھی ایک ٹہنی توڑی۔ اور ایک پیالہ اٹھا کر لبادہ میں رکھ لیا۔ چھوٹی شہزادی شاخ ٹوٹنے کی آواز پر پھر ڈری اور بڑی شہزادی نے پھر دلاسہ دیا۔

تھوڑی دیر کے بعد شہزادیاں ایک دریا کے کنارے پہنچیں۔ جہاں بارہ کشتیاں کنارے پر لگی ہوئی تھیں۔ اور ہر ایک کشتی میں ایک شہزادہ بیٹھا ہوا تھا۔ شہزادیاں ایک ایک کشتی میں بیٹھ گئیں اور دریا کے بیچ میں جا کر موجوں کا تماشا دیکھنے لگیں۔

صبح ہوتے ہوتے شہزادیاں واپس آ کر اپنی چارپائی پر سو گئیں۔ بادشاہ نے صبح کو شہزادیوں کے گھومنے کا حال سپاہی سے پوچھا۔ سپاہی نے تفصیل سے تمام جگہیں بتلادیں اور ثبوت کے طور پر درختوں کی

شاخیں اور پیالہ پیش کر دیا۔ بادشاہ نے لڑکیوں کو بلا کر پوچھا کہ ''سپاہی جو کچھ کہہ رہا ہے ٹھیک ہے۔'' لڑکیوں نے کہا۔ ''ہاں سچ ہے۔'' بادشاہ نے اپنا مقرر کیا ہوا انعام دینے کا اعلان کر دیا۔ سپاہی نے بڑی شہزادی کو پسند کیا اس سے شادی کر دی گئی اور سپاہی کو سلطنت کا ولی عہد بنا دیا گیا۔

***

مآخذ:

کتاب ''پریوں کی کہانیاں''